HÉSIODE ÉDITIONS

ARTHUR CONAN DOYLE

La Cycliste solitaire

Hésiode éditions

© Hésiode éditions.

1 rue Honoré - 93500 Pantin.
ISBN 978-2-38512-167-9
Dépôt légal : Janvier 2023

Impression Books on Demand GmbH

In de Tarpen 42
22848 Norderstedt, Allemagne

La Cycliste solitaire

Les années de 1884 et 1891 inclusivement furent très occupées pour M. Sherlock Holmes. On peut affirmer, sans crainte, qu'il ne s'est produit pendant ces huit années, aucune affaire difficile pour laquelle on ne soit venu le consulter, sans compter les affaires intéressant des particuliers, dans lesquelles il joua un rôle supérieur. Des succès retentissants, quelques échecs inévitables furent le résultat de cette longue période de travail continu. Comme j'ai gardé sur ces affaires des notes très complètes, et que j'ai été mêlé à plusieurs d'entre elles, j'ai eu quelque peine à choisir celles que je désirais raconter à mes lecteurs. Cependant, suivant la ligne de conduite que je me suis imposée, je donne la préférence aux affaires qui tirent leur intérêt non pas tant de la brutalité du crime accompli que de l'ingéniosité qu'il a fallu déployer pour en trouver la solution. C'est dans cet ordre d'idées que je vais exposer l'histoire de miss Violet Smith, la cycliste solitaire de Charlington, et les résultats curieux de nos recherches, qui se terminèrent par un drame inattendu. Il est vrai que les circonstances n'obligèrent pas le génie de mon ami à déployer toutes ses ressources, mais cette affaire n'en sort pas moins de la banalité.

En me reportant à mon carnet de notes de 1885, je constate que ce fut le samedi 23 avril que, pour la première fois, nous entendîmes parler de miss Violet Smith. Sa visite, je me le rappelle, ennuya fort mon ami, plongé à cette époque dans un problème des plus arides concernant un chantage dont était victime un richissime manufacturier de tabacs bien connu, John Vincent Harden. Mon ami aimait par-dessus tout la précision dans la pensée, et n'aimait pas à être troublé et interrompu dans l'examen d'un problème. Pourtant, il était impossible, sans une rudesse contraire à ses habitudes, de refuser d'entendre le récit de la jeune fille élégante, à la taille élancée, charmante en tout point, qui se présenta dans la soirée à Baker Street pour solliciter son appui et ses conseils. Il était superflu pour Holmes d'affirmer que son temps était occupé, car elle avait l'idée bien arrêtée de raconter son histoire et la force seule eût pu l'en empêcher. D'un air résigné, Holmes la pria de s'asseoir et de lui narrer ses ennuis.

– Ce n'est pas votre état de santé qui vous préoccupe, dit-il en la regardant d'un coup d'œil perçant, une cycliste aussi ardente que vous ne doit pas être anémique.

Elle regarda avec étonnement ses pieds, et je remarquai moi-même à la semelle de son soulier la trace laissée par le frottement de la pédale.

– C'est vrai, je fais beaucoup de bicyclette, monsieur Holmes, et cela touche de près d'ailleurs, au sujet qui m'amène ici.

Mon ami prit la main dégantée de la jeune fille et l'examina avec la plus grande attention sans y mettre plus de sentiment qu'un géologue regardant un fossile.

– Vous me pardonnez certainement, mais cela fait partie de mon métier, dit-il en abandonnant la main. J'ai cru un moment que vous étiez dactylographe ; toute réflexion faite, vous êtes musicienne. Voyez, Watson, comme mademoiselle a l'extrémité des doigts aplatis, signe commun aux deux professions, mais comme l'aspect de son visage dénote une vive imagination, mademoiselle est certainement musicienne.

– Oui, monsieur Holmes, je suis professeur de musique.

– Votre teint semble indiquer que vous habitez la campagne ?

– Oui, monsieur, près de Farnham, sur les bords du Surrey.

– Un très beau pays, plein d'intérêt. Vous rappelez-vous, Watson ? c'est près de là que nous avons pincé le faussaire Archie Stamford… Maintenant, miss Violet, dites-nous ce qui vous est arrivé à Farnham sur les bords du Surrey.

La jeune fille fit avec beaucoup de calme et de sang-froid le récit suivant :

– Mon père est mort, monsieur Holmes. Il s'appelait James Smith, et était chef d'orchestre au Théâtre Impérial. Ma mère et moi n'avions d'autre parent que mon oncle Ralph Smith parti pour l'Afrique il y a vingt-cinq ans, et dont nous n'avons plus entendu parler depuis lors. À la mort de mon père, nous nous sommes trouvées dans la misère, mais dernièrement nous vîmes dans les annonces du Times qu'on nous recherchait. Vous devinez l'effet produit ; nous pensions que nous avions bénéficié d'une fortune. Nous allâmes aussitôt voir l'homme de loi indiqué par le journal. Deux messieurs se trouvaient chez lui : M. Carruthers et M. Woodley qui étaient venus le voir à leur arrivée de l'Afrique du Sud. Ils nous firent connaître que mon oncle était un de leurs amis, qu'il était mort dans l'indigence quelques mois auparavant à Johannesburg, et qu'avant de mourir il les avait suppliés de rechercher sa famille et de s'assurer si elle n'avait besoin de rien. Nous trouvâmes étrange que mon oncle Ralph, qui n'avait jamais pris garde à nous pendant sa vie, voulût s'occuper de nous après sa mort, mais M. Carruthers nous expliqua que mon oncle avait appris le décès de mon père, et qu'il se considérait comme étant en quelque sorte responsable de notre avenir.

– Je vous demande pardon, dit Holmes, quand a eu lieu cette entrevue ?

– Au mois de décembre dernier... il y a quatre mois.

– Continuez, je vous prie.

– M. Woodley me semblait absolument antipathique et me regardait avec effronterie. Sa figure désagréable est boursouflée, ornée de moustaches du plus beau rouge, ses cheveux s'aplatissent de chaque côté de son front ; il me déplaisait entièrement et je suis convaincue que Cyril ne me verrait pas avec plaisir faire la connaissance d'un pareil personnage.

– Ah ! Il s'appelle Cyril ? dit Holmes en souriant.

La jeune fille rougit et se mit à rire.

– Oui, monsieur Holmes, il s'appelle Cyril Morton, il est ingénieur électricien et nous comptons nous marier à la fin de l'été. Mais comment suis-je arrivée à vous parler de lui, alors que je voulais seulement vous dire que si M. Woodley était odieux, M. Carruthers plus âgé que lui, paraissait beaucoup plus avenant ? Il avait le visage entièrement rasé, le teint mat, et, quoique très silencieux, il avait des manières agréables et un sourire bienveillant. Il nous demanda dans quelle situation nous nous trouvions et quand il la connut, il me pria de donner des leçons de musique à sa fille âgée de dix ans. Je lui répondis que je ne pouvais quitter ma mère ; il me proposa alors de retourner chez elle toutes les semaines et m'offrit cent livres sterling d'appointements, chiffre que je trouvai superbe. À la fin, j'acceptai et je me rendis à Chiltern Grange à environ six milles de Farnham. M. Carruthers est veuf, mais il habite avec une vieille gouvernante très respectable, Mrs. Dickson, qui surveille sa maison. Sa fillette est charmante ; tout était donc pour le mieux. M. Carruthers étant très sympathique et bon musicien, nous passions des soirées fort agréables et, chaque semaine, je retournais le dimanche chez ma mère.

Le premier nuage dans ma vie fut l'arrivée de M. Woodley, l'homme aux moustaches rouges, venu pour passer avec son ami une semaine, qui me sembla durer trois mois. Ce personnage odieux se montra désagréable envers tous et spécialement envers moi. Il me fit une cour assidue, me vantant sa fortune et m'affirmant que, si je consentais à l'épouser, j'aurais les plus beaux diamants de Londres ; un jour même, après dîner, je lui déclarai que je ne voulais avoir rien de commun avec lui ; il me saisit alors dans ses bras, m'affirmant qu'il ne me lâcherait que si je consentais à l'embrasser. M. Carruthers survint et m'arracha à son étreinte. M. Woodley se précipita sur lui, le renversa et le blessa au visage. Cet incident brusqua son départ, comme vous pouvez le penser. M. Carruthers, le lendemain, me fit des excuses et me donna l'assurance que jamais plus, je ne serais exposée à pareille insulte. Depuis lors, je n'ai plus revu M.

Woodley.

Et maintenant, monsieur Holmes, j'arrive au fait sur lequel j'ai désiré avoir votre avis aujourd'hui. Il faut que vous sachiez que tous les samedis après midi, je vais à bicyclette jusqu'à la gare de Farnham, afin de prendre le train de midi vingt-deux pour Londres. La route de Chiltern Grange est très déserte, surtout à un endroit où elle traverse, pendant un mille, la lande d'un côté et les bois de Charlington Hall de l'autre. Il n'y a pas d'endroit plus solitaire ; on ne rencontre que très rarement une charrette ou un paysan avant d'atteindre la grande route près de Crooksbury Hill. Il y a quinze jours, je passais à cet endroit, quand, par hasard, je regardai derrière moi et, à environ deux cents yards, j'aperçus un homme à bicyclette. Il me parut être d'un âge moyen, portant une courte barbe brune. Je me retournai de nouveau avant d'arriver à Farnham, mais l'homme avait disparu et je n'y pensai plus. Vous pouvez vous imaginer ma surprise lorsque, le lundi suivant, j'aperçus le même individu au même endroit. Mon étonnement ne fit que croître en voyant le même fait se reproduire le samedi et le lundi de la semaine suivante. Il se tenait toujours à la même distance, sans proférer une parole ; néanmoins je me sentis inquiète. Je racontai tout cela à M. Carruthers, qui parut y prendre un certain intérêt. Il me déclara qu'il avait commandé une voiture et un cheval, pour m'éviter de traverser cet endroit solitaire sans compagnon.

Le cheval et la voiture devaient arriver précisément cette semaine : pour une raison que j'ignore, ils ne vinrent pas et il me fallut aller seule à bicyclette à la gare, ce matin. Vous pensez si je regardai autour de moi en arrivant à la lande de Charlington. L'homme était là comme précédemment. Il se tint toujours à la même distance ; je ne pus voir ses traits, mais certainement je ne le connaissais pas. Il était vêtu d'un complet couleur sombre, coiffé d'une casquette en drap ; de son visage, je ne pouvais distinguer que sa barbe brune. Aujourd'hui, je n'ai pas eu peur, mais j'ai ressenti une vive curiosité qui m'a fait prendre la résolution de savoir qui il était et ce qu'il voulait. J'ai donc ralenti ma vitesse, il a fait de même, je me suis arrêtée, il s'est arrêté ; alors j'ai pensé à lui tendre un piège. La route à cet endroit tourne brusquement. Je pédalai vivement, puis je fis halte et attendis. J'espérais, qu'emporté par son élan, il me dépasserait, mais il ne me suivit point. Je revins sur mes pas et regardai. Sur la distance d'un mille, il n'y avait plus personne. Ce qui me parut plus extraordinaire, c'est qu'il n'y avait aucune route de traverse par laquelle il eût pu disparaître.

Holmes sourit et se frotta les mains.

– Cette affaire, dit-il, présente des détails bien bizarres. Combien de temps s'est-il écoulé entre le moment où vous avez dépassé le tournant et celui où vous avez constaté qu'il n'y avait personne sur la route ?

– Deux ou trois minutes.

– Il n'a donc pas pu repartir en arrière ; vous m'affirmez bien qu'il n'y avait pas de chemin de traverse ?

– Oui.

– Alors, il n'a pu que prendre un sentier d'un côté ou de l'autre.

– Il n'a pas pu en prendre du côté de la lande, car je l'aurais certainement vu.

– Il faut donc conclure qu'il devait se diriger vers Charlington Hall, qui doit se trouver dans la direction opposée à la lande. Avez-vous autre chose à me dire ?

– Rien de plus, monsieur Holmes, sinon que je n'aurai pas de tranquillité avant d'avoir obtenu vos avis.

Holmes garda pendant quelque temps le silence.

– Où habite votre fiancé ? demanda-t-il enfin.

– Il habite Coventry et est employé à la Compagnie électrique du Midland.

– Il n'aurait pas cherché à vous faire une surprise ?

– Oh ! monsieur Holmes, pensez-vous que je ne l'aurais pas reconnu ?

– Avez-vous eu d'autres prétendants ?

– Plusieurs avant d'avoir connu Cyril.

– Et depuis ?

Notre jolie cliente parut un peu confuse.

– Qui donc ? demanda Holmes.

– Oh ! c'est peut-être une idée à moi, mais il me semble que parfois M. Carruthers me manifeste un certain intérêt. Nous sommes souvent ensemble, je l'accompagne le soir au piano… il ne m'a jamais rien dit, car c'est un parfait gentleman, mais une femme sait deviner…

– Ah ! ah ! dit Holmes en prenant un air sérieux, et quels sont ses moyens d'existence ?

– Il est riche.

– Il n'a pourtant ni voiture ni chevaux ?

– Il paraît tout au moins dans une bonne aisance ; il va deux fois par semaine dans la Cité, car il a des intérêts dans les mines de l'Afrique du Sud.

– Je vous prierai, miss Smith, de me faire connaître tout nouvel incident : je suis très occupé en ce moment, mais cependant je trouverai bien le temps de m'occuper de votre affaire. En attendant, ne faites rien sans me prévenir. Au revoir, j'espère que nous n'aurons de votre part que de bonnes nouvelles.

– C'est dans l'ordre de la nature qu'une aussi jolie fille ait des poursuivants, dit Holmes en fumant sa pipe, quand la jeune fille eut disparu ; mais il n'est pas dans l'ordre qu'on la suive à bicyclette sur les routes désertes. C'est quelque amoureux qui ne veut pas se déclarer ; cependant, Watson, cette affaire est bizarre.

– C'est, en effet, assez extraordinaire de voir l'homme apparaître et disparaître ainsi.

– Précisément. Il faut d'abord savoir ce que sont les habitants de Charlington Hall et comment Carruthers et Woodley, qui paraissent être si dissemblables, ont des rapports communs, pourquoi tous les deux ont eu la même impatience de rechercher la famille de Ralph Smith, et enfin pour quel motif on paie une maîtresse de musique le double du prix habituel, alors qu'on n'a même pas un cheval pour se faire conduire à la gare distante de six milles de la maison ; c'est étonnant, Watson, très étonnant !

– Vous irez là-bas ?

– Non, mon cher ami, mais bien vous. Il n'y a peut-être là qu'une intrigue insignifiante et je ne puis interrompre des recherches plus importantes pour une bagatelle. Lundi, vous irez de bonne heure à Farnham, vous vous cacherez près de la lande de Charlington, observerez les faits, ferez ce que vous dictera votre jugement et, après avoir recueilli des renseignements sur les habitants du château, vous reviendrez me faire votre rapport. Et maintenant plus un mot sur cette affaire, avant d'avoir trouvé une base solide sur laquelle nous puissions étager une solution.

Nous nous assurâmes que la jeune fille devait prendre le train le lundi à la gare de Waterloo à neuf heures cinquante. Je partis plus tôt et je pris celui de neuf heures treize. De la gare de Farnham, je n'eus aucune difficulté pour me diriger vers la lande de Charlington. Il était impossible de ne pas reconnaître l'endroit qu'elle nous avait dépeint, car la route traverse la lande d'un côté, et de l'autre est bordée par une haie d'yeuses clôturant un parc d'arbres magnifiques, dont l'entrée était formée de pilastres couverts de mousse, surmontés d'emblèmes héraldiques. À part l'entrée principale de cette avenue, je remarquai que la haie était percée à plusieurs endroits et traversée par des sentiers. On ne pouvait voir le château de la route, mais les alentours indiquaient le peu de soin que devait en prendre le propriétaire.

La lande était couverte d'ajoncs en fleur qui brillaient sous l'éclat du soleil printanier. Je me plaçai derrière un de ces buissons, de manière à surveiller à la fois l'entrée de l'avenue et un long ruban de route de chaque côté. Celle-ci resta d'abord déserte, puis j'aperçus un cycliste qui venait de la direction opposée à la mienne. Il était vêtu d'un complet sombre et j'observai qu'il avait la barbe noire. En arrivant au bout du domaine de Charlington, il descendit de sa machine et disparut à travers un des trous de la haie.

Un quart d'heure après, je distinguai un autre cycliste. C'était la jeune fille qui venait dans la direction de la gare. Je la vis regarder tout autour d'elle en arrivant à la haie. Un instant plus tard, l'homme sortit de sa cachette, enfourcha sa machine et la suivit. Ils étaient seuls sur la route ; la silhouette gracieuse de la jeune fille, très droite sur sa selle, se détachait nettement, tandis que l'homme, penché sur son guidon, paraissait chercher à dissimuler son visage. Elle jeta un coup d'œil en arrière, l'aperçut et ralentit. Il l'imita. Elle s'arrêta ; il s'arrêta aussitôt, en ayant soin de se tenir toujours à la même distance.

Tout à coup, elle eut un mouvement aussi inattendu qu'ingénieux. Elle fit brusquement face en arrière avec sa machine et alla droit à lui. Il fut aussi rapide qu'elle-même et prit vivement la fuite. Elle ne tarda pas alors à revenir, levant dédaigneusement la tête et ne paraissant plus faire attention à l'homme qui la suivait silencieusement, tout en conservant ses distances, jusqu'à ce que le coude de la route les eût tous les deux cachés à ma vue.

Je restai dans ma cachette et je fus bien inspiré, car, peu d'instants après, je vis revenir lentement mon individu. Il pénétra dans le parc par la porte d'entrée et mit pied à terre. Je le vis lever les bras pour arranger sa cravate, puis il remonta sur sa bicyclette et se dirigea vers le château en suivant l'avenue. Je courus vivement à travers la lande et je regardai à travers les arbres. Je pus apercevoir dans le lointain le vieux bâtiment gris avec ses cheminées datant du temps des Tudor ; mais, comme l'avenue devenait très épaisse, je ne tardai pas à perdre mon homme de vue.

Cependant je n'étais pas mécontent de ma matinée et je retournai vers Farnham très satisfait de moi. L'agent de location de cette ville ne put me donner aucun renseignement sur Charlington Hall, et me conseilla de m'adresser à une agence bien connue de Londres et située dans le Pall Mall. Je m'y arrêtai en revenant. Le chef du bureau me reçut très poliment et me fit connaître que j'arrivais trop tard pour louer Charlington Hall pour l'été, car il l'avait loué un mois auparavant à M. Williamson, un respectable gentleman, et il me congédia en me disant qu'il n'avait pas à me parler davantage des affaires de ses clients.

M. Sherlock Holmes écouta fort attentivement le long récit que je lui fis le soir même, mais il ne m'adressa pas les félicitations sur lesquelles je comptais et que j'eusse été si heureux de recevoir ; au contraire, sa figure devint plus sévère encore que d'habitude et il se mit à discuter à la fois ce que j'avais fait et ce que j'avais négligé de faire.

– Votre cachette, mon cher Watson, laissait beaucoup à désirer ; vous auriez mieux fait de vous placer derrière la haie, car vous auriez pu voir de près le personnage qui nous occupe. Comme vous ne l'avez vu qu'à une distance de plusieurs centaines de yards, vous me le dépeindrez encore moins fidèlement que miss Smith. Elle déclare ne pas le connaître ; je suis persuadé du contraire ; sans cela, pourquoi craindrait-il de la laisser approcher de façon à ce qu'elle vît ses traits ? Vous m'avez dit qu'il se penchait sur son guidon, encore un moyen de se dissimuler, voyez-vous. Vraiment, vous avez bien mal opéré ! Vous le voyez rentrer au château, vous voulez connaître son identité, et pour cela, vous allez vous adresser à un agent de Londres !

– Que fallait-il donc faire ? demandai-je avec quelque dépit.

– Aller à l'auberge la plus proche, c'est là un centre de commérages dans les campagnes. Là, vous auriez appris tous les noms, depuis celui du maître, jusqu'à celui du dernier des domestiques. Williamson ! c'est un nom qui ne me dit rien ; si le locataire du château est un homme âgé, il n'est pas le cycliste obstiné qui se sauve quand une femme le poursuit.

En somme, que nous a rapporté votre expédition ? La confirmation du récit de la jeune fille, que je n'ai jamais mis en doute ; qu'il y a un rapport entre le cycliste et le château ? Je n'en ai jamais douté ! Que le château est habité par un nommé Williamson ? Qu'est-ce que cela peut bien nous faire ? Allons, allons, mon ami, ne prenez pas un air si découragé. Nous n'avons rien à faire jusqu'à samedi prochain. En attendant, je vais me livrer à une petite enquête.

Le lendemain matin, nous reçûmes un mot de miss Smith nous racontant avec autant de brièveté que d'exactitude les événements dont j'avais été le témoin, mais tout l'intérêt de sa mission se trouvait dans le post-scriptum :

« Je suis sûre que vous respecterez ma confidence, monsieur Holmes ;

ma position ici est devenue très délicate, car M. Carruthers m'a demandé de l'épouser. Je suis persuadée que ses sentiments sont sincères et honorables, mais mon cœur s'est donné. Mon refus l'a vivement touché et la situation, vous le comprenez, est quelque peu tendue. »

– Notre jeune amie semble s'enliser ! dit Holmes pensivement après avoir terminé la lecture de la lettre. Décidément, cette affaire présente des côtés plus intéressants que je ne l'aurais soupçonné au premier abord. Je ne ferai pas mal d'aller passer une journée tranquille à la campagne, j'ai bien envie de m'y rendre cet après-midi et de vérifier si certaines idées à moi ne se confirmeront pas.

La journée de tranquillité à la campagne se termina, pour Holmes, d'une manière toute particulière, car il rentra à Baker Street très tard, la lèvre coupée, une grosse bosse au front et, de plus, un air de fêtard qui, s'il avait été rencontré, lui eût sans doute valu les honneurs d'une enquête de la police. Ses aventures l'avaient fort égayé et ce fut en riant qu'il les raconta.

– Je prends si peu d'exercice, dit-il, que ce qui m'est arrivé est un bienfait pour moi. Vous savez quelle était mon adresse dans notre vieux sport national de la boxe, qui m'a rendu tant de services. Aujourd'hui, par exemple, sans mes connaissances professionnelles, j'eusse été fort malmené.

Je le priai de me raconter ce qui était arrivé.

– J'ai facilement trouvé l'auberge sur laquelle j'avais attiré votre attention, continua-t-il, et j'y ai fait une enquête discrète. Je me suis tenu près du comptoir, et l'aubergiste, un grand bavard, m'a fourni tous les renseignements que je lui demandais. Williamson est, paraît-il, un vieillard à barbe blanche, qui vit seul avec ses domestiques. La rumeur publique prétend qu'il est ou a été clergyman. Quelques détails de son installation récente au château me frappèrent comme étant peu ecclésiastiques. J'ai fait, d'ailleurs, une enquête dans une agence du clergé, et j'ai appris qu'il avait existé un homme de ce nom dans les ordres, dont la carrière avait été singulière. L'aubergiste me raconta ensuite qu'à la fin de chaque semaine il recevait de nombreuses visites, des gens assez tapageurs, me dit-il, et surtout un homme à moustache rouge, qui se nomme M. Woodley et ne le quitte pas. Nous en étions là quand l'homme en question entra dans la pièce. Il était resté à boire de la bière dans la salle de débit et avait écouté toute la conversation. Il demanda qui j'étais, ce que je voulais, à quoi tendaient toutes mes questions. Il avait un langage très fleuri, et ses adjectifs étaient plutôt violents. Il termina son chapelet d'invectives par un coup de revers que je ne pus entièrement parer. Les minutes qui suivirent furent charmantes ; ce fut une lutte homérique comme vous le voyez ; j'en suis sorti et on a dû remporter mon adversaire dans une charrette. Voilà comment s'est terminée mon excursion et je dois avouer que, tout en ayant passé une journée agréable sur les bords du Surrey, je n'en ai guère tiré plus de profit que vous-même.

Le jeudi, nous reçûmes une autre lettre de notre cliente.

« Vous ne serez pas surpris, monsieur Holmes, écrivait-elle, d'apprendre que je quitte M. Carruthers. Le traitement élevé qu'il me servait n'a pu me faire oublier les ennuis de ma situation. Samedi prochain, je rentrerai à Londres sans esprit de retour. M. Carruthers a reçu sa voiture, ainsi les dangers d'un voyage sur la route déserte, si jamais il y en a eu, sont maintenant écartés. Quant à la cause immédiate de mon départ, elle n'est pas due uniquement à ma position délicate vis-à-vis de M. Carruthers, mais encore au retour de M. Woodley dont la présence m'est insupportable. Il a toujours été odieux, mais il est encore plus affreux que jamais depuis un accident qui l'a fortement défiguré. Je l'ai vu de ma fenêtre, mais je suis heureuse de vous faire connaître que je ne l'ai pas rencontré. Il a eu une longue conversation avec M. Carruthers, qui a paru depuis très agité. Woodley doit habiter dans les environs, car il n'a pas couché ici, et pourtant, je l'ai revu ce matin rôdant dans le parc. J'aimerais mieux rencontrer une bête fauve en liberté que cet homme ; je le crains et je le hais plus que je ne saurais dire. Comment M. Carruthers peut-il supporter un tel personnage ? Enfin, tous mes ennuis seront terminés samedi ! »

– Je l'espère, Watson, je l'espère, dit Holmes avec gravité. Il y a autour de cette jeune fille une intrigue mystérieuse et nous avons le devoir de veiller à ce que personne n'abuse d'elle pendant son dernier voyage. Je crois, Watson, que nous ferons bien d'y aller ensemble samedi matin, afin de nous assurer que cette affaire n'aura pas de suite fâcheuse.

J'avoue que jusqu'alors je n'avais pas pris cette histoire au sérieux, et qu'elle me paraissait plus bizarre que dangereuse. On voit tous les jours un homme se mettre à la poursuite d'une jeune et jolie femme, et ce fait qu'il n'osait l'aborder et prenait la fuite à son approche semblait indiquer qu'elle n'avait rien à craindre de lui. Cette brute de Woodley paraissait d'une espèce bien différente, mais, à part une fois, il n'avait jamais touché à notre cliente et, s'il était en ce moment en visite chez Carruthers, il n'avait pas cherché à s'approcher d'elle. Le cycliste devait faire partie de la bande de ces gens qui passaient les fins de semaines au château, ainsi que l'avait raconté l'aubergiste, mais ce qu'il était, ce qu'il voulait, restait toujours aussi obscur. L'attitude grave de Holmes, jointe à cette circonstance qu'il avait glissé un revolver dans sa poche avant de quitter son appartement, m'avais seule frappé, en me donnant lieu de penser qu'un drame pouvait se cacher sous cette comédie.

Une nuit pluvieuse avait été suivie d'une matinée splendide, et la lande, couverte de ses buissons d'ajoncs en fleur, semblait encore plus belle à nos yeux fatigués des brouillards de Londres. Holmes et moi, marchions sur la route large, respirant à pleins poumons l'air pur du matin, écoutant avec ravissement le gazouillis des oiseaux, première caresse du printemps. Du haut d'une petite montée, nous pouvions apercevoir le château dont le faîte apparaissait au-dessus des chênes séculaires moins anciens que lui ; Holmes me désigna du doigt, au loin, sur le ruban de la route, qui se détachait comme une bande d'un jaune rougeâtre sur la tonalité brune de la lande et les tons verts des bois, une tache noire, produite par une voiture qui venait dans notre direction, et laissa échapper une exclamation d'impatience.

– J'avais prévu une marge d'une demi-heure, dit-il. Si c'est sa voiture, elle a dû se mettre en route pour prendre un train plus matinal. Je crains, Watson, qu'elle ne passe devant Charlington avant que nous puissions y arriver.

À peine avions-nous quitté le sommet de la côte que nous ne pûmes plus apercevoir la voiture, mais nous marchions avec une telle rapidité que je pus me rendre compte combien ma vie sédentaire m'avait rouillé les jambes ; je dus donc ralentir le pas, mais Holmes, toujours entraîné et qui, de plus, possédait des ressources d'énergie peu communes, ne modéra pas son allure et il se trouvait à une centaine de pas devant moi, quand je le vis tout à coup lever les bras dans un geste de douleur et de désespoir. Au même instant, je vis revenir vers nous la voiture vide et entraînée au galop par le cheval qui tourna le coude de la route ; les rênes traînaient sur le sol.

– Trop tard ! Watson, trop tard ! s'écria Holmes, tandis que j'arrivais tout essoufflé à ses côtés. Imbécile que j'ai été de ne pas penser à ce train ! C'est un enlèvement, Watson… un enlèvement ! un assassinat peut-être ! Dieu sait quoi ! Barrez la route ! Arrêtez le cheval ! Voilà qui est fait !… Sautons dans la voiture et essayons de réparer les suites de ma bêtise !

Nous étions montés dans le dog-cart. Holmes, après avoir fait retourner le cheval, lui allongeait un coup de fouet et nous étions emportés. Au tournant, nous aperçûmes au découvert toute la route entre la lande et le château. Je saisis le bras de Holmes.

– Voilà l'homme ! m'écriai-je.

Un cycliste solitaire venait vers nous. Il avait la tête baissée, les épaules arrondies et il semblait pédaler avec toute l'énergie dont il était capable. Il filait avec une vitesse de course. Tout à coup, il leva sa figure barbue et nous aperçut près de lui. Il s'arrêta et sauta de sa machine. Sa barbe noire comme du jais formait un contraste frappant avec la pâleur de son visage et ses yeux dans lesquels brillait l'éclat de la fièvre. Ses regards allèrent de nous à la voiture, puis l'étonnement se peignit sur ses traits.

– Halte ! cria-t-il en nous barrant la route avec sa machine. Où avez-vous trouvé cette voiture ? Arrêtez, là-bas ! hurla-t-il, tout en tirant un revolver de sa poche. Arrêtez, ou, pardieu ! je loge une balle dans le crâne de votre cheval !

Holmes jeta les rênes sur mes genoux et descendit.

– Vous êtes l'homme que nous cherchons. Où est miss Violet Smith ? dit-il avec sa netteté habituelle.

– C'est ce que je vous demande moi-même. Vous êtes dans sa voiture, vous devez savoir où elle est !

– Nous avons rencontré la voiture vide sur la route et nous y sommes montés pour venir au secours de la jeune fille.

– Mon Dieu ! mon Dieu ! que faire ? s'écria l'étranger avec le ton du plus navrant désespoir. Ils l'ont enlevée, ce démon de Woodley et cet ignoble pasteur. Venez, monsieur, venez si vous portez quelque intérêt à cette jeune fille ! Venez avec moi, nous la sauverons ; tant pis si je dois laisser ma peau dans les bois de Charlington !

Il courut affolé, son revolver au poing vers un passage de la haie.

Holmes le suivit et moi-même, laissant le cheval brouter sur le bord de la route, je suivis Holmes.

– C'est par là qu'ils sont passés, dit celui-ci, montrant des empreintes de pas dans la boue du sentier. Un instant, qui est là dans ce buisson ?

C'était un jeune homme de dix-sept ans environ, vêtu en groom avec des guêtres en cuir. Il était étendu sur le dos, les genoux relevés, une entaille profonde à la tête. Il était sans connaissance, mais respirait encore. Un coup d'œil que je jetai sur sa blessure me fit voir que l'os n'avait pas été attaqué.

– C'est Pierre, le groom, s'écria l'étranger. Ces brutes l'ont renversé et l'ont blessé. Laissons-le pour le moment, nous ne pouvons lui faire aucun bien, et il est peut-être encore temps de la sauver du plus terrible malheur qui puisse atteindre une femme.

Nous brûlâmes le sentier qui serpentait à travers le bois ; nous avions atteint le bosquet entourant la maison, quand Holmes s'arrêta.

– Ils ne sont pas allés jusqu'à la maison, voici leur piste ici près de ce buisson de laurier. Ah ! je l'avais dit !…

Comme il parlait, le cri perçant d'une femme, un cri vibrant d'épouvante se fit entendre dans un buisson en face de nous et se termina dans un sanglot étouffé.

– Par ici ! par ici ! Ils sont dans l'allée du jeu de boule ! s'écria l'étranger bondissant au milieu des buissons. Ah ! les lâches ! Suivez-moi, messieurs ! Trop tard, trop tard !…

Nous arrivâmes tout à coup près d'une pelouse magnifique entourée de vieux arbres. À l'ombre d'un chêne, se trouvait un groupe singulier composé de trois personnes : une femme (notre cliente) était bâillonnée. En face d'elle, une sorte de brute à la moustache rouge se tenait les jambes écartées, couvertes de guêtres, une main posée sur la bouche, l'autre brandissant une cravache. Son attitude dénotait le triomphe. Entre les deux se trouvait un homme plus âgé, à barbe grise, qui portait un court surplis blanc sur un complet de couleur claire ; il venait certainement de procéder à la cérémonie du mariage, car, au moment où nous accourions, il glissait dans sa poche un livre de prières, tout en frappant en guise de félicitation sur l'épaule du sinistre mari.

– Ils sont mariés ! m'écriai-je.

– Venez vite, s'écria notre guide, venez vite !

Il traversa la pelouse rapidement ; Holmes et moi, nous courions sur ses talons. Au moment où nous approchâmes, la jeune fille fut sur le point de défaillir et s'appuya contre le tronc de l'arbre. Williamson, l'ex-clergyman, nous salua avec une politesse moqueuse, et Woodley s'avança avec un rire de bravade.

– Vous pouvez enlever votre barbe, Bob, dit-il. Je vous reconnais bien. Vous arrivez, ainsi que vos amis, juste à propos pour que je vous présente Mrs. Woodley !

La réponse de notre guide ne se fit pas attendre. Il arracha la fausse barbe qu'il portait, la jeta à terre, découvrit un visage rasé long et pâle ; puis il leva son revolver et visa son adversaire qui s'avançait vers lui, la cravache levée.

– Oui, dit-il, je suis Bob Garruthers ! Quitte à être pendu, je ferai rendre justice à cette femme. Je vous ai dit ce que je ferais si vous la touchiez, et je tiendrai mon serment.

– C'est trop tard ! elle est ma femme !

– Non, mais votre veuve !

Un éclair jaillit, le gilet de Woodley se teignit de sang ; il fit un tour sur lui-même en poussant un cri et tomba sur le dos. Son visage hideux et rouge devint d'une pâleur mortelle. Le vieillard encore revêtu de son surplis fit entendre les plus horribles jurons et tira son revolver, mais avant qu'il eût pu en faire usage, Holmes le mit en joue.

– Cela suffit, dit mon ami froidement ; jetez votre revolver. Ramassez-le, Watson, tenez-le près de sa tête ! Merci. Et vous, remettez-moi le vôtre. Voilà assez de violences ! Allons, donnez-le-moi !

– Qui êtes-vous donc ?

– Je m'appelle Sherlock Holmes.

– Grand Dieu !

– Je vois que vous avez entendu parler de moi. Ici, jusqu'à l'arrivée de la police, je représente la loi. Et vous là-bas, cria-t-il à un domestique effaré qui venait de faire son apparition à un bord de la pelouse, venez ici, prenez ce billet, et aussi vite qu'un cheval pourra vous conduire, portez-le à Farnham.

Il écrivit à la hâte quelques mots sur une feuille de son carnet.

– Portez cela au commissaire en chef de la police. Jusqu'à son arrivée, je vous considère tous comme prisonniers.

La personnalité de Holmes domina, par son sang-froid, cette scène dramatique, et, devant lui, tous devinrent dociles comme des enfants. Williamson et Carruthers portèrent le blessé dans la maison et j'offris mon bras à la jeune fille affolée. On posa Woodley sur un lit et je l'examinai à la demande de Holmes, auquel j'allai ensuite faire connaître le résultat de ma visite. Il était dans la salle à manger tendue de vieilles tapisseries, en compagnie de ses deux prisonniers.

– Il vivra, lui dis-je.

– Comment ! s'écria Carruthers, bondissant de sa chaise. Je vais monter en haut et l'achever de suite. Comment ! cette jeune fille, cet ange, est liée pour la vie à cet infect personnage ?

– Ne vous inquiétez pas de cela, dit Holmes. Il y a deux motifs indiscutables qui empêchent un mariage d'être valable. D'abord, il est très discutable que M. Williamson ait le droit de célébrer un mariage.

– J'ai pourtant reçu les ordres, s'écria le vieux gredin.

– Oui, mais vous êtes interdit.

– Je n'en reste pas moins pasteur !

– Je ne suis pas de cet avis. Et où est la licence ?

– Nous en avons obtenu une pour le mariage, je l'ai ici dans ma poche.

– Vous l'avez obtenue illégalement. En tout cas, la violence est une cause de nullité et vous verrez, sans trop tarder, que vous avez commis le crime de félonie. Du reste, vous aurez, ou je me trompe beaucoup, dix années pour y réfléchir. Quant à vous, Carruthers, vous auriez mieux fait de garder votre revolver dans votre poche.

– Je commence à le croire, monsieur Holmes, mais quand j'ai songé à toutes les précautions que j'avais prises pour sauvegarder cette jeune fille… car je l'aimais, pour la première fois, j'ai su ce qu'était l'amour… je suis devenu fou, en pensant qu'elle était tombée au pouvoir de la plus infâme brute de l'Afrique du Sud, un homme dont le nom a répandu la terreur de Kimberley à Johannesburg. Vous ne le croirez pas, monsieur Holmes, mais depuis que cette jeune fille était chez moi, je ne l'ai pas laissée passer une seule fois devant ce château, où je savais que ces gredins se tenaient cachés, sans la suivre sur ma bicyclette pour veiller à ce qu'il ne lui fût fait aucun mal. Je me tenais à distance et j'avais mis une fausse barbe pour n'être pas reconnu, car c'est une jeune fille sage et d'un grand cœur et elle n'aurait jamais voulu rester chez moi si elle avait pu penser que je la suivais sur les grandes routes.

– Pourquoi ne l'avez-vous pas avertie du danger ?

– Parce qu'elle m'eût aussitôt quitté et je ne pouvais m'habituer à cette pensée. Même si elle ne pouvait pas m'aimer, c'était déjà beaucoup pour moi de la sentir dans ma maison et d'entendre le son de sa voix.

– Eh bien ! lui dis-je, vous appelez cela de l'amour, moi, je l'appelle de l'égoïsme.

– C'est possible, les deux sentiments ne sont pas contradictoires. Enfin, je n'avais pas le courage de la laisser partir, et, avec des gaillards pareils, il valait mieux qu'elle eût quelqu'un pour la protéger.

Quand la dépêche est arrivée, j'ai compris qu'ils tenteraient un coup.

– Quelle dépêche ?

– La voici, dit-il en la tendant.

Elle était courte et nette : « Le vieux est mort. »

– Hum ! dit Holmes, je crois que je comprends tout et je saisis pour quel motif cette dépêche devait les amener à jouer le grand jeu. Mais, en attendant, racontez-moi tout cela.

Le vieillard au surplis se remit à jurer.

– Pardieu, dit-il, si vous chantez sur nous, Bob Carruthers, je vous traiterai comme vous avez traité Jack Woodley. Vous pouvez jacasser sur la fille tant que vous voudrez, c'est votre affaire, mais si vous dites un mot sur nous à ce mouchard, cela vous coûtera cher.

– Votre Révérence n'a pas besoin de se fâcher, dit Holmes en allumant une cigarette. Votre affaire, à vous, est assez claire et tout ce que je demande, c'est d'avoir quelques détails pour ma satisfaction personnelle. Cependant, si vous y voyez un inconvénient, c'est moi qui raconterai l'histoire et vous verrez bien si je connais tous vos secrets. D'abord, trois d'entre vous sont venus dans un but déterminé de l'Afrique du Sud, vous Williamson, vous Carruthers et Woodley !

– Mensonge ! dit le vieillard, je ne les avais vus ni les uns ni les autres jusqu'à il y a deux mois ; je n'ai jamais mis les pieds en Afrique, mettez ça dans votre poche, monsieur Holmes, et votre mouchoir par-dessus.

– C'est la vérité, dit Carruthers.

– Très bien, vous n'êtes venus que deux. Le Révérend n'est pas un article d'importation ! Vous aviez, Woodley et vous, fait la connaissance de Ralph Smith dans l'Afrique du Sud et vous aviez des raisons de croire qu'il ne vivrait pas longtemps. Vous avez découvert que sa nièce hériterait de sa fortune. C'est bien cela, n'est-ce pas ?

Carruthers fit un signe d'assentiment. Williamson continua à jurer.

– Elle était, sans nul doute, sa plus proche parente et vous saviez certainement que son oncle ne ferait pas de testament.

– Il ne savait ni lire ni écrire, dit Carruthers.

– Vous êtes donc venus en Angleterre tous les deux pour découvrir la retraite de la jeune fille ; l'un de vous devait l'épouser, l'autre aurait une part de l'héritage. Woodley, pour un motif ou un autre, a été désigné pour être son mari. Pour quel motif ?

– Nous l'avions jouée aux cartes pendant le voyage et c'est lui qui avait gagné.

– Je saisis. Vous avez pris la jeune fille à votre service et c'est chez vous que Woodley devait faire sa cour. Elle vit en lui l'ivrogne qu'il est, et ne voulut pas l'accepter. Entre temps, vos calculs ont été déjoués, car vous êtes devenu amoureux d'elle et vous n'avez pu supporter l'idée qu'elle appartiendrait à cette brute.

– C'est vrai, je ne pouvais l'admettre.

– Une querelle a éclaté entre Woodley et vous. Il vous a quitté, furieux, pour combiner ses plans en dehors de vous.

– Il me semble, Williamson, que nous n'avons rien à apprendre à monsieur, dit Carruthers avec un rire amer. Oui, nous nous querellâmes et il me frappa ; nous sommes quittes d'ailleurs. Je le perdis de vue. C'est à ce moment-là qu'il ramassa ce défroqué. J'appris qu'ils avaient loué ensemble ce château, qui se trouve non loin du chemin qu'elle devait parcourir pour se rendre à la gare. Je la surveillai étroitement, pensant bien qu'il y avait quelque anguille sous roche. Je restai cependant en relation avec eux, voulant pouvoir lire dans leur jeu. Il y a deux jours, Woodley vint chez moi me communiquer cette dépêche qui m'apprit la mort de

Ralph Smith. Il me demanda si je voulais maintenir les termes de notre association ; je lui répondis négativement ; il me proposa, alors, d'épouser la jeune fille moi-même et de lui donner sa part. Je répondis que je ne demanderais pas mieux, mais qu'elle ne voulait pas de moi. Il me répondit : « Marions-la d'abord, dans quelques semaines elle aura d'autres idées. » Je lui fis connaître que je ne voulais pas user de violence et il partit en jurant comme un misérable qu'il est, affirmant qu'il l'aurait envers et contre tous. La jeune fille devait me quitter à la fin de la semaine, j'avais reçu la voiture louée pour la conduire à la gare, mais, malgré tout, je n'étais pas rassuré et je tins à la suivre à distance sur ma bicyclette ; elle partit avant l'heure fixée et, sans que j'aie pu la rejoindre, le malheur était arrivé. C'est quand je vous aperçus tous les deux dans sa charrette, que je compris tout !

Holmes se leva et jeta le bout de sa cigarette dans la cheminée.

– J'ai fait preuve d'inintelligence, Watson, dit-il. Lorsque vous m'avez déclaré avoir vu le cycliste arranger sa cravate, cela seul aurait dû m'ouvrir les yeux et me faire penser qu'il avait une fausse barbe. Enfin, nous pouvons nous féliciter d'avoir élucidé cette affaire mystérieuse ! Mais j'aperçois trois agents qui montent l'avenue, et je suis heureux de constater que le petit groom est en état de les suivre. Il est donc à présumer qu'il n'y aura pas mort d'homme. Je pense, Watson, qu'en qualité de docteur vous êtes tout désigné pour offrir vos services à miss Smith. Dites-lui en passant que, si elle se sent mieux, nous nous ferons un plaisir de la conduire jusque chez sa mère. Du reste, l'annonce que nous allons envoyer un télégramme à un jeune ingénieur dans le Midland suffira pour compléter sa guérison. Quant à vous, monsieur Carruthers, je trouve que vous avez fait le possible pour vous faire pardonner la part que vous avez prise dans ce honteux projet. Voici ma carte, et si mon témoignage peut vous être utile dans votre procès, je suis à votre entière disposition.

Dans le tourbillon incessant de notre activité, il a souvent été difficile pour moi, ainsi qu'a pu s'en rendre compte le lecteur, de terminer entièrement mes narrations et de faire connaître les derniers détails qu'attend leur curiosité. Chacune de nos affaires a été le prélude d'une autre, et, une fois le drame terminé, les acteurs ont disparu pour toujours de notre existence. Je trouve cependant, à la fin de mon manuscrit, une note ayant trait à cette affaire. J'y vois que miss Smith devint l'héritière d'une grosse fortune et qu'elle est maintenant la femme de Cyril Morton, de la raison sociale Morton et Kernnedy, les fameux électriciens de Westminster.

Williamson et Woodley, accusés tous les deux d'enlèvement avec violence, furent condamnés le premier à sept ans de travaux forcés, le second à dix ans de la même peine. Quant à Carruthers, je ne sais rien sur lui, mais je suis convaincu que sa tentative de meurtre fut, dans une certaine mesure, excusée par la Cour, car la réputation de Woodley était des plus mauvaises, et je pense que quelques mois de prison suffirent pour assurer l'œuvre de la justice.